DE LA PRÉROGATIVE

DES FEMMES

SUR L'ÉDUCATION

ET

DE LA SUPÉRIORITÉ

POUR LA FRANCE

DU CULTE CATHOLIQUE

38282

CONFÉRENCE EN VERS FRANÇAIS.

PREMIÈRE PARTIE.

L'homme est fait à l'image de Dieu !

Vérité consolante et de salut un port
Que l'âme revendique et retient à son bord
Sur la mer orageuse, où, bientôt égarée,
Au milieu des écueils, dont elle est entourée.
Sublime vérité, qui fait tout son espoir
Lorsque le cœur échoue et manque à son devoir ;
Qui doit la soutenir, au moment de l'orage
Et la sauvegarder, dans son plus grand naufrage.
Courage donc, Amis, à supporter nos maux,
Allons de confiance, à des mondes nouveaux,
Au séjour azuré, d'où jaillit la lumière,
Que le soir d'un beau jour, découvre tout entière !

*
* *

Une route est ouverte, à nos fragiles pas
Et promet à nos vœux, de merveilleux appas.
La naissance et le rang, ne sont plus des barrières ;
Le mérite est la clef, de toutes les carrières !
Comme, aux temps fortunés, de la création
La noblesse, est au cœur ; par l'éducation ;
Mais, sans porter ombrage, aux Grands qui nous entourent
Et qui, par leur prestige, à la gloire concourent,

Comme des monuments, par le temps, consacrés ;
A leur couronne d'or et des fleurons sacrés :
A la condition, cependant, implicite,
Incontestable même, en son texte tacite ;
De servir de jalons, à la route du ciel
Et de ne distiller, que bienfaits et que miel :
D'être du malheureux, l'insigne Providence,
De l'aider dans ses maux et dans son indigence :
De ne pas oublier, qu'ils sont comblés de biens
Pour être ses abris et ses nobles soutiens :
De conserver, pour eux, leur céleste prestige
Légende de Blason : qu'en tout, noblesse oblige
Et de laisser alors, comme fruits défendus,
Les ruses du commerce, aux riches parvenus ;
Leur luxe, leur orgueil, bordés de petitesses,
Leurs saluts protecteurs, dont ils font des largesses,
Mais, il n'en coûte rien, on peut les prodiguer
Et, c'est incontestable, ils savent intriguer :
Ce sont des endurcis, difficiles à cuire
Qui se font une loi, qu'attraper n'est pas nuire ;
Que le plus gros mensonge, est une vérité,
Un subterfuge adroit, un trait de probité.
Le commerce le veut, se dit-on, en silence
Et ce système faux, éteint la conscience.
Il se glisse en serpent et distille l'abus ;
On l'accepte partout et l'homme, en est perclus !

Je dis l'homme, vraiment, pour épargner la femme
Que je ne vois toujours, qu'au prestige de l'âme.
Nous savons, cependant, qu'à la création,
Elle fut l'instrument, de la tentation ;
Qu'elle nous a plongés, dans d'épaisses ténèbres,
Qu'elle est l'occasion, de nos pompes funèbres !
Que souvent, à son tour, elle fait nos tourments

Et nous donne à passer, de douloureux moments
Et même quelquefois, que volage et légère
Foule aux pieds ses devoirs, jusques à l'adultère !

Mais, nous savons aussi, qu'elle a son piédestal,
Que réhabilitée, elle a fermé le mal ;
Que pour une meilleure, elle a rendu la vie
Au terrestre séjour et par elle ravie :
Qu'elle a le monument, de son sexe immortel
Comme le nôtre même et qu'on le trouve au ciel !
Qu'elle a droit, comme nous, à la plus haute sphère,
Que la Vierge-Marie, est aujourd'hui sa mère !
Qu'elle est sa protectrice, à la condition
D'imiter ses vertus, dont elle a l'onction.
Comme sa fille alors, de suivre son exemple,
Et de l'humanité, de se faire le temple !
De n'être plus menteuse, au gré de ses désirs
Et pour les satisfaire, en butte à ses plaisirs.
D'extirper de ce monde, un vice de nature
Dont elle doit rougir et qui la défigure.

*
* *

J'y reviens : le mensonge est la lèpre du jour !
Il dévore le cœur, comme un autre vautour
Et rien ne lui résiste : il détruit la famille ;
Il se glisse en rampant, de la mère à la fille.
Il jette la discorde, entre les citoyens
Ote les sentiments ; fait de nous, des païens.
Pour le moindre secret, on le croit nécessaire
Et pour le mieux couvrir, on dit tout le contraire.
C'est, encore aujourd'hui, le serpent d'autrefois
Qui trompe, en nous flattant, et nous met aux abois:
Distille des poisons, préparés à l'avance

Pour étouffer la voix de notre conscience
La mettre en désaccord, par une douce erreur,
Avec les mouvements, d'un si fragile cœur
Qui, sans elle n'ayant, ni règles ni boussoles
Accepte les produits de ses instincts frivoles,
Les met à sa hauteur, quoiqu'ils soient des plus plats,
Comme un esclave ensuite et les suit pas à pas.
Mais, il marche en aveugle et tombe au précipice,
Le démon qui le sert, se l'offre en sacrifice
Et l'austère vertu, du nom de vérité,
Se morfond à la porte et gémit à côté.
Comme dit Florian en son parfait modèle

La Fable et
la Vérité.

Qu'il applique si bien : Que fais-tu là ? je gèle !

Elle gèle vraiment et partout aujourd'hui,
Elle manque d'asile ; elle n'a plus d'appui.
Eh ! pourtant, elle est belle aux plus petites choses
Et ne donne toujours, que parfums et que roses.
Nous sommes obligés, pour les goûter encor
D'aller à nos enfants, qui lui donnent essor
Et le malheur des temps, est tel, à notre époque,
Qu'il nous les faut petits : C'est le vrai, je l'invoque !.
Tant est fort le pouvoir, du grand fascinateur
Qu'il a pu s'attaquer, au pauvre instituteur ;
A son gré l'endormir, d'un sommeil léthargique
Jusqu'à faire oublier, qu'on est en République.
Que pour la conserver, il faut des citoyens,
Que pour lui faire honneur, il faut vivre en chrétiens
Sous le règne des lois, de la saine morale
Dont l'éducation, réprouve le scandale
Et prescrit au contraire, en son autorité,
L'active surveillance et la sévérité,
Le respect pour les mœurs, dont la perte est immense,
Dans un gouvernement et que rien ne compense.

L'Autorité survint ! je la loue, en passant
Dans ce petit tableau, d'un exemple récent.

*
* *

C'est le premier degré de notre décadence,
Il conduit au marasme et droit à la démence.
L'échelle sociale, est alors sans appui
Et tombe désormais, en lambeaux, avec lui.
De nos bons réservoirs, se tarissent les sources
Et bientôt aux abois, nous serons sans ressources
Si l'on n'y prend pas garde : il faut couper au vif
Et la cicatriser, par un remède actif
Des générations, cette béante plaie
Qui, toujours se propage, aux champs comme l'ivraie !

*
* *

Mort à Tunis en 1270. Le grand roi, Louis Neuf, dont on connaît le cœur,
Par un clou, sur la langue, entravait le menteur.
Né à Athènes, 470 av. J.-C. Sur un simple soupçon et Socrate, lui-même
Mourut, quoiqu'innocent et chargé d'anathème
Pour avoir corrompu, dans ses doctes leçons
La jeunesse d'Athène et soufflé des poisons :
En ces temps malheureux, l'âme paralysée,
Sans loi ni règlement, l'erreur était aisée.
Avec un cœur parfait, Socrate était païen
Dès lors, on le taxa de mauvais citoyen.
Ce qui prouve, du moins, sans aucune équivoque
Pour des dieux impuissants, la foi de cette époque ;
Et combien était grande, une sincérité
Qui punissait de mort, un cas d'impiété.
Elle était mensongère et malgré son emphase,
Comme un grand échafaud, elle manquait de base.

*
* *

467 av. J.-C. Aristide le Juste, était Athénien,
Mérita son surnom et fut homme de bien.
555 av. J.-C. Thémistocle avant lui, Périclès, et tant d'autres
457 av. J.-C. Au temps du paganisme, ont été ses apôtres.
Quels fruits auraient portés, quelques siècles après,
Des hommes équipés de semblables agrès,
Quand la grande doctrine apparut sous le maître,
Créateur tout-puissant, à qui nous devons l'être ?

*
* *

An du monde Un délégué divin, en ce monde venu
4,004 Dans un sein virginal : c'est un fait reconnu
sous Auguste Et de tradition ; constaté par l'histoire
Et que rien n'a détruit : des femmes c'est la gloire !
C'est le plus beau fleuron de leur couronne d'or
Et de l'humanité, le plus riche trésor !
Il en sortit un Dieu, sous une forme humaine ;
Il devait être, il fut, des vertus le domaine !
De l'homme, par sa mort, il paya le tribut !
La femme était sa mère ! avec elle il vécut,
Et nous la connaissons ! il vécut sous son aile,
Sous son égide il fut, le plus parfait modèle !
Son cœur était divin, on ne peut s'y tromper !
C'est un enseignement, qui ne peut échapper ;
Il est clair et précis ; il s'adresse à la femme
D'une nature encor, pleine de cœur et d'âme !
Mais d'un cœur qui s'égare en de sombres contours
Et qui même se plaît, à leurs nombreux détours.
Inquiet, tourmenté, c'est toujours le cœur d'Eve,
Qui se laisse éblouir et se perd dans un rêve.
Qui veut goûter encor, de ce fruit défendu

Dont le poison subtil, s'est depuis répandu.
On l'avale aujourd'hui, comme un verre d'absinthe,
On le boit à pleins bords, sans remords et sans feinte.
On l'accepte partout, sous forme de roman,
Le mensonge s'en charge, en fait un talisman.
Les journaux en sont pleins; c'est la plante vivace
Que l'on ne peut détruire, au bon grain qui s'enlace.
Ils proscrivent les vers, peut-on s'en étonner?
A côté du fatras qu'ils nous savent donner.
Pour eux, la poésie, est tout de contrebande,
Qui dit la vérité, doit leur payer amende.

*
* *

Aussi, la pauvre mère, en ses illusions,
Qui fut séduite alors, par les tentations;
Dans l'oubli légitime, est sans merci, tombée:
On en parle, entre soi, comme à la dérobée.
La seconde, au contraire, est toujours notre espoir;
Comme un parfait modèle, elle est notre miroir
Et n'a fait que grandir: nous lui rendons hommages,
Nous allons l'invoquer, dans nos plus grands naufrages.
Elle peut nous sauver et nous sauve en effet
Lorsque nous imitons, son exemple parfait.
Au pied de son autel, comme médiatrice
Nous offrons à son fils, le divin sacrifice.
La femme de nos jours, va s'y réconforter,
C'est pour elle, une amie, une mère à fêter!
Dans ces jours de bonheur, elle y conduit sa fille
Et la lui recommande; elle est de la famille!
Des maux l'éprouveront, il faut la prémunir
De ses enseignements et déjà la nourrir.
Elle y mène son fils, car elle a su comprendre,
Que la mère est son guide; on ne peut s'y méprendre

En présence des faits qui nous furent transmis,
Que nous reconnaissons, depuis longtemps admis.

* *
*

L'enfant est une plante et d'abord il végète,
C'est un frêle roseau, qui doit faire un athlète :
Il faut le préparer à ses luttes un jour
S'il est homme de bien et mérite l'amour.
Cette éducation, revient tout à la femme
Dans l'âge le plus tendre ; elle est son oriflamme
Et je n'hésite pas à le dire en passant :
C'est de nature un droit, qu'elle apporte, en naissant !
Tant est grand l'intérêt, de la seconde mère,
Qu'elle voudrait de l'homme, aplanir la carrière ;
Poser ses fondements, sur un granite dur,
L'élever à sa taille, avant que d'être mûr.
Des sentiers épineux, débarrasser la voie
Le défendre déjà, contre un cœur qui louvoie,
Facilement transige, en ses devoirs sacrés,
Dans ses textes divins par son fils consacrés.
En ce monde elle acquit, ce droit incontestable
Et le conservera, toujours indiscutable.

* *
*

De ce fils, l'auréole a partout resplendi
Et dès qu'il fût connu, son pouvoir a grandi :
Il n'a d'autre élément, que le cœur de sa mère,
Et pourtant sa doctrine, est bientôt un mystère
Où la raison humaine, en butte à tous les vents,
Se cabre tout d'abord et ne voit que volcans.
Mais, la lumière pure, est toujours admirable,
Ses rayons bienfaisants, donnent le confortable ;
Tout y grandit quand même, et l'opposition

Que l'on fait au soleil, en aide l'action.
On le met à l'index, jusqu'à l'ignominie :
Il ne s'arrête pas, devant la calomnie ;
Tout au contraire, il marche en dépit des frondeurs
Comme à pas de géant : abaisse les grandeurs.
Ses principes nouveaux, l'entourent de prestige,
La raison y préside, elle en fait un prodige :
C'est le code des lois que nous connaissons tous
Et reconnu si beau, qu'on l'accueille à genoux.
« Soyez humbles toujours, dit-il, à chaque page
« Et la bonté du cœur, sera votre apanage !
Les Juifs l'entendaient bien, mais ne comprenaient pas ;
Ce n'était qu'un grimoire et pour eux, le trépas.
Un homme sans argent, était un misérable,
Ils le traitaient alors, presque comme un coupable
Et son livre disait, comme il le dit encor :
« Qu'être pauvre, ici-bas, nous valait un trésor ! »

Sans avoir reconnu, toute leur injustice,
Ils se sont amendés et je leur rends justice.
Ils concourent au bien, qu'ils voulaient empêcher,
Dans leur aveuglement, se sont laissé toucher.
Leur âme était muette et ne parle encor guère,
Elle était en prison, près d'un cœur mercenaire.
Ils avaient oublié, de la première loi
Au Sinaï donnée, et la lettre et l'emploi.
Ils suivent notre exemple, en certaine pratique
Mais ils n'accepteront, jamais la République.
Ce grand mot leur fait peur et sa traduction
Est pour eux, un non-sens, une aberration.
De nos livres divins, elle est toute la base !
Peuvent-ils accepter, ce que leur cœur écrase ?
« D'être pauvre, en ce monde et de n'y pas briller
« D'être humain, d'être juste et de s'agenouiller ! »

*
* *

Sous Tibère,
33 ans ap.
J.-C. A cet auguste fils, élevé par Marie,
Nourri des sentiments, d'une mère chérie;
Ils ont forgé des fers et l'ont crucifié !
C'est de l'histoire encor, que rien n'a renié.
Tant était grande alors, l'horreur d'une doctrine
Qui condamnait leurs mœurs et qui prenait racine.
Un hydre l'alimente et s'abreuve en rampant
Des perfides poisons, de notre vieux serpent.
Ils ont tué le fils, vilipendé la mère
Et n'ont rien avoué, d'un crime séculaire!.

Qu'ils fassent au surplus, ce qui leur conviendra
Ce n'est pas là ma tâche, advienne que pourra.
Ils ont une âme aussi, qui doit rendre des comptes
Et nous ne règlerons, aucuns de ses mécomptes.

DEUXIÈME PARTIE

HISTORIQUE

Cependant, en dépit des persécutions
Des décrets de Tibère et des exactions,
Des forcenés bourreaux, enduisant de résine
Nos malheureux chrétiens, mourant pour la doctrine
Et servant de flambeaux dans les jardins publics
Ou peut-être d'enjeux, à de honteux trafics ;
On ressentait déjà, dans cette ère nouvelle,
Les surprenants effets, d'une vie immortelle.
Morte alors ; dans ces temps, l'âme se déclarait
Pour éloigner du cœur, des Dieux qu'elle abhorrait.
Desséchant les bourbiers, se faisant un passage
Et du livre nouveau, justifiant la page :
Déchirant son linceul, par un sublime essor,
Enfin, se rappelant, qu'elle est tout un trésor.
Des mains du créateur, qu'Elle sortit parfaite
Qu'Elle doit réparer sa honteuse défaite.
Qu'Elle a, pour naviguer, des éléments nouveaux,
Des avirons meilleurs, de lumineux flambeaux ;
Pour Elle et de son sexe, un soutien admirable,
Pour le cœur, en ses maux un guide incomparable !
Qu'un homme lui promit un brillant avenir,
Qu'il devait être un Dieu, sans le bien définir

Qu'Elle y croyait déjà, pour ses belles maximes,
Ses textes surhumains, ses éléments sublimes
Et ne peut hésiter à suivre des chemins
Qui doivent la conduire, après tous ses chagrins,
D'une terre maudite, ou du moins malheureuse,
De sueurs arrosée et toujours désastreuse ;
A ce dôme céleste et si bien ordonné,
Qu'il ne peut être fils, d'un hasard effréné,
Qui n'a pour se guider, ni règle ni boussole,
Dont l'œuvre n'est qu'un rêve, un appât, une idole,
Qui ne trouve, en ses dons, qu'un cœur indifférent
Lorsque l'âme l'anime et le tient à son rang.
Qu'on peut aller, sans crainte, et parcourir les mondes
Avec ses éléments et ses sources fécondes.

*
* *

La doctrine, en effet, que nous préconisons,
De discorde et de haine, isola les tisons
En combattant l'erreur et ses perfides causes ;
Au cœur, en distillant des parfums et des roses !
En parlant d'une vie où tout est diflérent
Et d'un bonheur égal, sans préférence au rang.
Sans donner aux trésors, lorsqu'on est honnête homme
De mérite et d'honneur, une plus forte somme!

Les siècles de notre ère, ont été tout d'abord
En butte aux plus grands maux, luttant avec effort.
Pour soutenir la lutte, il fallut des prodiges
De vertus et d'amour, entourés des prestiges;
Les empereurs romains, à peu d'exceptions
Contre nous, déchaînés, par leurs ambitions;
Blessés dans leur orgueil, malgré leurs anathêmes,
Condamnaient les chrétiens, aux châtiments suprêmes ;
Même, sans jugement, ils les ont ordonnés.

*
* *

Ils allaient à la mort, comme des forcenés!.
Après tant de combats, cependant, la lumière
Qui poind à l'horizon et poursuit sa carrière,
Vint éclairer les cœurs de rayons obligés,
Et leur faire entrevoir, qu'ils avaient préjugés.
Souverain, avant eux, qu'il existait un Maître,
Qu'ils devaient à son œuvre, enfin le reconnaître.
Que le ciel et la terre en étaient les témoins;
Que contre l'évidence, ils luttaient néanmoins.
Qu'ils avaient inventé, des Dieux à leur manière
Qui, les favorisant d'indulgence plénière,
Les absolvaient'toujours, d'un cynisme honteux
Et les couvraient encor, d'un pouvoir fabuleux.

Des hommes éminents, d'ignorance complète,
En furent pénétrés : la lumière était faite !
Ses rayons lumineux, n'avaient plus qu'à grandir
Car ils étaient divins et devaient resplendir.

*
* *

La Gaule, à cette époque, était presque païenne
Mais, par ses rois, bientôt elle se fit chrétienne.
Que dis-je, par ses rois? C'est une femme encor
Dans le cœur de l'un deux, qui prépara l'essor !
Elle avait, d'un barbare, apaisé la colère;
A d'autres sentiments, plié son caractère.
Elle avait, par ses soins, éveillé dans son cœur,
Le feu sacré de l'âme et presque sa chaleur ;
Mais elle était chrétienne, on en garde mémoire
Et son nom de Clotilde, appartient à l'histoire !
Ce n'était, en ces temps, que guerres et combats

Les plus braves d'alors étaient les potentats.

Venus de toutes parts et de la Germanie,
De vaincre ou de mourir, ils avaient le génie :
Combattant corps à corps, entre Francs et Germains,
Pour un butin chétif, ils en venaient aux mains :
C'était une fureur, de nos jours inconnue,
La tête était le but et tombait pourfendue.

496 ap. J.-C. Les Allemands un jour, par un coup de Jarnac,
Peuple de la Etaient victorieux, c'était à Tolbiac :
Westhalie. Le sicambre Clovis, au milieu du carnage,
De ses Francs ralliés, ranimant le courage,
Elevant vers le ciel, des regards enflammés,
Sa hache étincelante, en ses deux poings fermés :
« Dieu des chrétiens, dit-il, et celui de la reine,
« Donne-moi la victoire et je me fais chrétien !
« Je brûle mes autels et j'immole ma haine,
« Sinon, je les conserve et je reste païen. »
Aussitôt l'ennemi, comme frappé de foudre,
Dans la crainte ou l'espoir ne sachant que résoudre,
Plia de toutes parts et bientôt culbuté,
Il disparut soudain, par la fuite emporté.
Le roi tint son serment et brisa ses idoles.
On suivit son exemple ; on comprit des paroles
Où le cœur s'épanchait par des accents heureux,
Où se dilatait l'âme, en ces temps désastreux.

*
* *

La doctrine du Christ continua son œuvre ;
On reconnut enfin, qu'elle est tout un chef-d'œuvre :
Jusque-là combattue, en ses dogmes puissants,
Et surtout par les Juifs, demeurés impuissants,
Qui voyaient, chaque jour, une prééminence,

Leur espoir, leur bonheur, tomber en décadence :
Qui voyaient, de la Foi, les lumineux flambeaux
Remplacer sans éclat, leurs brillants oripeaux.
Malgré tous leurs efforts, se décimer leur nombre
Pour eux, à l'horizon, l'avenir le plus sombre,
N'ayant d'autre soutien, que leur ténacité
Qu'ils offraient hardiment, pour de la probité.

*
* *

Elle avait surmonté, les plus puissants obstacles,
En l'honneur de son Dieu, dressé des Tabernacles.
Pour lui servir d'asile, au milieu des chrétiens,
Quelques églises même, en dépit des païens.
Mais il en restait peu, dépassés qu'ils étaient
Par le culte nouveau, qu'alors ils respectaient.

570 ap. J.-C. Un autre cependant, celui de Mahomet,
Qui habitait Chez l'Arabe d'alors, sans pudeur se formait :
l'Asie. Etabli par le sabre et conçu dans l'Asie
Il ne reconnaissait, qu'une théocratie
C'est-à-dire la loi, d'un seul Dieu créateur,
Tout-puissant, éternel, mais pas de Rédempteur :
Un prophète après lui, délégataire unique
De pouvoirs absolus et que ce culte indique :
Un destin immuable, à chaque homme ici-bas,
Le jugement d'abord ; à la fin, le trépas.
La résurrection, mais alors générale
Et des Mahométans, l'extase spéciale,
Ils admettaient, pour eux, ce droit d'exclusion
Qu'ils ont su conserver, en toute occasion :
Un bonheur tout aux sens, un paradis de dames,
N'ayant comme aujourd'hui, de sentiments ni d'âmes
Et n'en pouvant avoir, sous un gouvernement
Où la femme, en ménage, est un assortiment.

*
* *

C'était en Orient : la plus belle contrée
Où lève le soleil ; que respecte Borée :
Que baigne le Bosphore en ses brillantes eaux.
Ce peuple fanatique, y vivait sans rivaux.
Mais le chrétien jaloux, de sa prérogative
Ne pouvait accepter, marchant à la dérive
Tout un peuple abusé, qui pourtant possédait
Les lieux saints et sacrés : cet abus l'obsédait.

*
* *

De 1095 à J'arrive de ce pas à nos grandes croisades
1270. Qui furent, en ces temps, comme des promenades.
On allait, sans canon, avec l'œil de la Foi
En soldat valeureux, sans crainte, sans émoi.
Mais on était alors, il faut ici le dire,
Animé de l'esprit du plus charmant délire.
Partis de toutes parts, Allemands et Français
Franchirent le détroit, réunis aux Anglais.
« Dieu le veut, » disait-on, et sous cette bannière
On laissait à l'envi, tout obstacle derrière.
Pour en faire un royaume, on prit Jérusalem ;
Il comprenait alors le bourg de Bethléem
Et tous lieux consacrés aux souvenirs du Maître
Par sa grande doctrine, au temps qui le vit naître.
Godefroi de Bouillon, en fut le premier roi
Et proclamé par tous, comme exemple de foi.
Par ordre de mérite, on conféra des titres,
Des blasons et des croix, encore ses arbitres.
Pendant un siècle entier, flotta notre étendard ;
La France en était fière et servait de rempart.
Mais peut-on être sûr, des trésors de ce monde

A côté des revers, que souvent il féconde,
En dépit de l'honneur et de la loyauté
Ecrasés sans merci, par de l'improbité.

En 1187. Dans leur acharnement, les Arabes revinrent;
Nous fûmes repoussés et les maux nous survinrent.

*
* *

On voulut de nouveau, par de puissants efforts
Ressaisir la fortune et réparer ses torts :
On n'y put parvenir : elle fut implacable.
Et le saint roi Louis, dans un calme admirable,
Y mourut à son tour, quand les Turcs déjà,
Ses favoris alors et qu'elle protégea
Tout aveugle qu'elle est, d'une faveur insigne
(Et c'est pourquoi sans doute, Elle est souvent indigne,)
Restèrent des saints lieux uniques possesseurs
Et les transmirent même, à tous leurs successeurs,
Justifiant ainsi, la puissante maxime
« Que l'homme bon succombe, où le diable s'escrime. »

JEANNE D'ARC. 1429.

Mais, retournons chez nous : une héroïne encor
Devait sauver la France et vint donner l'essor :
On était aux abois, dans un besoin extrême
Et pour les assaillants ce n'était pas problème.
C'était sous Charles sept : l'Anglais victorieux
Menaçait la patrie; il était radieux :
Sous les murs d'Orléans il avait mis le siége.
Mais Dieu veillait toujours au culte qu'il protège
Lorsque Jeanne parut pour chasser l'ennemi
Qui, bientôt fasciné, lui parut endormi :

Une femme guerrière, était là, tout en armes
Et sous un bouclier, resplendissaient ses charmes !
Elle portait au cœur, l'étendard de la Foi
Et celui-là suffit ; c'est la suprême Loi !
L'Anglais épouvanté, se range à son passage ;
Elle conduit à Reims le roi comme son gage
Encore plus chrétien pour le faire sacrer
Au culte catholique et le voir consacrer.
Que dirais-je de plus, on connait son histoire!
C'est encore un fleuron de la céleste gloire
Qu'une fille des champs, élevée au hameau;
Ne possédant alors, pour tout bien, qu'un troupeau,
Avec ses sentiments, le cœur de ses compagnes ,

Dans les Vosges. L'amour de son vieux père et ses hautes montagnes
Soit appelée ainsi, par un destin pareil,
Par une main divine, à ternir le soleil ;
A devenir soudain le flambeau de la France,
Par un mérite infus, d'en être la puissance !!

* *
*

Quoique bien établi sur des dogmes certains,
Le culte rencontra, des dissidents hautains.
Des hommes animés, d'une fièvre maligne;
De se faire valoir et du besoin insigne ;

La Suisse. Dans des pays voisins, essayant leurs leçons ,
Par des dogmes nouveaux, ternirent ses moissons
Et par de faux engrais, desséchant sa doctrtne,
Voulurent l'amender jusque dans la racine.

An 1483. Le premier fut Luther, le plus audacieux :
On l'eût dit déchaîné, même contre les cieux
Reniant ses autels et le saint sacrifice
Son dogme, tout d'abord, rejetait le calice,
Les mystères de foi dans la communion

Qu'il admettait pourtant, mais sans confession.
Il repoussait ainsi, la liberté de l'âme
C'est-à-dire son droit de répandre sa flamme
Et de tenir au cœur, ce langage si doux,
Qui nous conduit au bien, sans fléchir les genoux,
Comme un produit normal de notre libre arbitre
Et qui, s'il le comprend, du chrétien est le titre.
Il condamnait le jeûne et sans exceptions.
L'infaillibilité, dans leurs décisions
Comme un droit monstrueux ; du pape et des conciles,
L'indulgence plénière et pour lui, puériles.
Il retranchait l'hommage et le culte des saints,
Et le vœu monastique, en ses étroits liens.
Enfin il admettait, dans son hardi système
Et par immersion, la grâce du baptême.
Comment se reconnaître, en un fatras pareil,
Qui couvrait la lumière et presque le soleil ?

Il s'éleva bientôt des sectes infinies,
De grandes questions, sans être définies.
L'Allemagne y prit feu, Prussiens et Danois.
Le nord en fut saisi : Lapons et Suédois
<small>Confession</small> En firent leur doctrine aujourd'hui mitigée ;
<small>d'Augsbourg.</small> Quoique farouche encor, par d'autres partagée.

*
* *

<small>An 1509.</small> Le second fut Calvin ; succédant à Luther
Il fut ambitieux, mais moins tison d'enfer.
Son dogme était humain ; sa doctrine plus douce
Se fit une carrière, avec moins de secousse.
Sans reconnaître encor, comme le précédent
Le Pape, pour son chef ; quoique son dissident
L'existence, pour lui, d'un Dieu de trois personnes

Etait sa vérité; méritant des couronnes :
L'homme, bien que pêcheur, au ciel est destiné,
A l'avance et par lui, tout crime est pardonné.
Dans ses débordements, il peut aller sans crainte
Tuer un bon voisin et boire son absinthe,
Car le sang de Jésus, répandu sur la croix,
Fut versé pour l'absoudre et lui donner des droits :
« Le baptême est aussi son divin apanage
« De prédilection et du chrétien le gage.
« La cène d'autrefois, d'avant la passion
« Avec le pain, bénit est sa communion. »

*
* *

L'existence du fils, du moins, prouve la mère ;
Il n'en veut pas parler, mais n'en fait pas mystère.

*
* *

Surgirent à l'envi, dans les grandes cités,
Des schismes néanmoins, aussi de tous côtés
Et surtout à Paris, entre sectes rivales :
Bientôt on ne vit plus et partout que cabales.
Grandissait l'hérésie et ses proportions
Etaient telles alors, que les ambitions
Se partageant le peuple et marchant à sa tête,
D'un massacre inouï, préparèrent la fête.

LA SAINT-BARTHÉLEMY EN 1572.

C'était sous Charles Neuf : tout chrétien qu'il était
Il commença le feu, sa mère l'excitait.
Il donna le signal par un coup d'arquebuse.

On n'y voulait pas croire ; on dît : le Roi s'amuse!
Dans ces temps de soupçon, c'était un mauvais jeu ;
On ne s'épargnait pas, la tête était l'enjeu.
Chrétiens, aux Huguenots ! ce fut le cri de guerre
Le mot de ralliement, jusques au monastère
Et Coligny mourut, arrêté dans son lit
Où Besme le tua, sans lui donner répit.
Il en périt alors plus de cinquante mille,
Ce fut tout un carnage, au nom de l'Evangile :
Michel de l'Hôpital, à la peine, en est mort,
Du Roi, qu'il improuvait ; il expia le tort.

Des textes incompris, ont décimé la France ;
Tant était grande encor, de ces temps l'ignorance.

*
* *

Cependant le progrès, un instant ralenti,
Reprenant son chemin, ne s'est pas démenti.
La Justice et les Arts, étaient en harmonie
Avaient leurs monuments, allaient de compagnie.
An 1600.   Achille de Harlay, élève de Michel
Avait suivi ses pas : du peintre Raphaël
Qui venait de mourir, on se disputait l'œuvre,
Ses tableaux admirés, paraissaient des chefs-d'œuvre.
An 1543.   Copernic était mort, comme il avait vécu
Dans le Livre des Cieux, par le travail vaincu.
An 1642.   Son système absolu, préparait Galilée.
« Un soleil immuable et la terre oscillée. »

Mais, il faut bien le dire, en passant et d'un mot,
Le petit peuple était traité comme un marmot.
An 1673.   En poësie encore, on attendait des maîtres
Quand Molière parût pour flageller les traîtres,

Parler à la noblesse, un langage du cœur
Et des grandes vertus, être le remorqueur :
Sous des toiles à jours, pour dénoncer le vice
Et les rigueurs des grands, pour un simple caprice.

Ans 1695 et 1711. La Fontaine et Boileau, sans être aussi frondeurs
Étaient pleins, cependant et de zèle et d'ardeurs.
Avec ses animaux et surtout La Fontaine,
Où l'on sait reconnaître, au roseau sous le chêne,
Le népotisme alors, d'un maître tout-puissant ;
A la part du lion, l'appétit incessant.

*
* *

A côté cependant, il faut vite le dire,
C'est toujours de l'histoire, heureux de la redire.
C'était certes des maux ! ils étaient tempérés
Par le beau sexe encore et souvent conjurés.

An 1763. Racine avait paru dans son divin langage
Et du cœur et de l'âme, il était l'apanage.
La Femme le comprit, car c'est là tout son lot
D'être bonne toujours et d'arrêter le flot.

De Sévigné vivait et tant d'autres, comme elle,
D'un mérite moins grand, rivalisaient de zèle.
Du sceptre le fleuron et souvent le flambeau
Maintenon la première, était à son niveau :

An 1686. Elle fonda Saint-Cyr, Elle y plaça sa tombe,
Pour la noblesse pauvre, en fit une hécatombe.
Chef-d'œuvre de Racine, on y jouait Esther.
Joad dans Athalie. Ce vers y résonnait : *Je crains Dieu, cher Abner,*
Et n'ai pas d'autre crainte : heureuse de l'entendre
Elle attendit la mort, qui vint, sans la surprendre (84 ans).

VOLTAIRE, 1750.

Le culte de Marie était tout en honneur
Et celui de Jésus, en faisait le bonheur
Dans notre France, au moins ; quand apparut Voltaire.
A tous les préjugés, il déclara la guerre.
Son encyclopédie, est souvent un fatras
Et pour un bon esprit, surtout un embarras.
Sa critique facile, est d'ordinaire un piège,
Il veut s'attribuer, d'abord le privilège :
Disant beaucoup et bien, mais toujours incisif,
Il fatigue en détours et devient exclusif ;
Son style impérieux, tranche, comme une lame,
En volcan, il bouillonne et bientôt il enflamme.

Cet homme universel, est de science un puits
Il faut le reconnaître, à ses nombreux produits ;
Mais, son mauvais génie, est un torrent sans digue
Qui se répand partout : En un mot, c'est l'intrigue.
Une intrigue obligée, entraînant à sa loi
Qu'il a su distiller, comme article de foi.

En sa fièvre maligne, il voulait des réformes,
Il les voulait, sans frein, sans obstacles, sans bornes .
Il alluma le feu, pour couvrir les flambeaux
Et bientôt après lui, pour ouvrir des tombeaux :
Méchant comme l'aspic, d'une langue incurable
Distillant un poison, tout aussi redoutable ;
Il n'épargna personne, il ne respecta rien
Dans son cynisme pur et pas même le bien !
Rejetant la noblesse et contestant ses titres,

Il n'y voulait pas croire et brûlait ses épitres.
Il se dressa contre elle et de tout son pouvoir,
De l'abattre à tout prix, il se fit un devoir :
Il excita le peuple et prépara la poudre,
Il en fit l'arsenal, d'où partirait la foudre !
Comme moyen suprême, au culte il s'attaqua
Dans ses mauvais instincts, son cœur se démasqua :
Il allait cheminant, attiré par la Prusse
Il était son flatteur et d'une rare astuce !
Frédéric II, Du grand roi, Frédéric, il servit le projet
roi de Prusse. A nos dépens déjà, d'engraisser son budget...
A la Foi catholique, il opposa ses thèmes;
Pour appâter le peuple, et créa des systèmes :
Il annonçait des biens, jusqu'alors inconnus
Et renversait pour eux, les systèmes connus.
Eh ! pourquoi tant de mal, quand le catholicisme
En ouvrait la carrière et par son catéchisme ?

Cet homme, cependant, avec un cœur pareil,
N'était pas un athée ; il aimait le soleil
Ses rayons bienfaisants et sa douce lumière,
Car il goûtait aussi, dans sa longue carrière,
Les charmes du poëte et ses illusions,
Qui ne furent pour lui que ces déceptions
Qu'on rencontre toujours, à côté du mensonge;
Qui corrompent le cœur et font de tout un songe ;
Engendrent le dégoût et mènent au trépas
Quand la vie est usée et n'offre plus d'appas.

*
* *

Pour atteindre mon but, mais je reprends ma course
Car je veux arriver à la suprême source ;
A celle véritable et d'où coule le bien

Qui part sans embarras d'un cœur vraiment chrétien ;
Je veux justifier mon titre qui l'indique :
Il vient tout à propos pour une République.

* *
*

An 1774. Le règne de Louis, le quinzième du nom,
Venait dè s'écouler : je passe son renom
Car il fut scandaleux : on le connait du reste
Et Voltaire eut beau jeu ; l'histoire nous l'atteste
Chancelier Le Parlement d'alors, conduit par de Maupeou
de France. Dont il porta le nom ; sans fléchir le genou
Avait fait, près du Roi, des efforts inutiles
Et son chef exilé, paya ses pas stériles.
Louis, son petit fils, lui succède à son tour ;
Seizième de sa race, il passe sans détour.
Mais, des canaux taris, on aperçoit la vase ;
Ce n'est plus qu'un bourbier où chancelle la base.
Sous un sceptre pareil, tout paraissait fléchir,
Les institutions, demandaient à vieillir
Et présentaient partout des lézardes profondes.
C'était universel, comme à la fin des mondes.

La noblesse luttait, mais le peuple était las
An 1789. Quand Mirabeau parut et fit sonner le glas.

RÉVOLUTION DE 1789.

C'était quatre-vingt-neuf et toute sa musique,
Le peuple exaspéré, n'entendit pas supplique
Et la cité royale, au bruit de ses canons
Et sommeillant encore, arma ses bataillons.

Tout prit, en un moment, l'aspect le plus sinistre :
Paris était en feu ; Necker était ministre.
Robespierre et Marat, s'emparant du pouvoir
Faisaient couler le sang et comme par devoir.

*
* *

A tant d'exactions il fallait une tête,
Assurer la victoire et couronner la fête.
Bientôt elle tomba ; le roi mis en défaut,
Sa tête en fut le prix, roula sur l'échafaud !
Il ne fut qu'imprudent, mais n'était pas coupable.
Il paya les travers d'un autre plus capable.
La reine le suivit, pour le rejoindre au port,
La dette était commune, elle eut le même sort !
Je m'arrête un instant, car c'est horrible à dire.

*21 janvier
1793.*

*
* *

Après tout, c'est l'histoire, il faut bien la redire
Pour nous édifier, pour en faire profit
Et la mettre en lumière en un temps de crédit.

*
* *

Comme réaction, une grande victime,
A son tour et bientôt, vint expier le crime.
C'est une femme encor, comme autrefois Judith
Qui sût se dévouer : Elle était de granit !
Marat était au bain ; il fallait le surprendre
Et d'un coup de poignard le tua sans attendre.

*Tua Holo-
pherne
659 av. J.-C.*

Son prénom de Charlotte, est encore un fleuron
A la belle couronne et fut notre aviron !

*Charlotte-
Corday
d'Armans.*

*
* *

Il ne tomba pas seul, après lui, Robespierre
Condamné justement pour la même carrière,
Monta sur l'échafaud qu'il avait promené
Par le peuple lui-même, à son tour et traîné.

*
* *

Le sceptre était brisé ; c'était la République :
République de sang, que le bon sens abdique,
Et sur ce piédestal, pouvait-elle durer ?

*
* *

Elle n'y put tenir, on pouvait l'augurer :
Nos voisins courroucés d'une pareille allure
Paraissaient et partout de mauvaise figure ;
On ne parlait que guerre, on était aux abois,
Elle était imminente et partout à la fois.
La France en dut pâlir ; mais elle était guerrière
Sans trop s'en émouvoir et marcha la première.

NAPOLÉON Ier

Un homme de génie apparut tout d'abord
Quand ·aux Anglais livré, par un suprême effort
Il reconquit Toulon : alors comme l'Étoile
Qui devait tout guider, on replia la voile
Et bientôt général, de pied ferme il marcha !
Son histoire est connue et rien ne l'accrocha.
Dans des moments heureux, il abusa peut-être ;
Mais, qui fait autrement ? si ce n'est le Grand-Maître !

An 1793.
21 décembre.

*
* *

De gloire saturé, le grand peuple français
Paraissait cependant, fatigué du succès.
Napoléon comprit qu'il en fallait un autre ;
Qu'il pouvait l'obtenir s'il s'en faisait l'apôtre :
Il avait tout d'abord bien préparé ses plans
Et sondé le terrain, dans tous ses accidents
Par le dix-huit brumaire : il fréta le navire
18 mai 1804. Et bientôt, le Sénat lui conféra l'Empire.

*
* *

Sans doute, il fallait vaincre ; il n'avait qu'à ce prix
Mais, savait qu'à côté, la paix est un rubis.
Il sut organiser, avec les hommes d'ordre,
Fit un code de lois, comprima le désordre.
Toujours victorieux, il conclût des traités.

Tant que brilla l'Étoile, ils furent respectés;
Mais, venant à pâlir, tout changea de surface :
Exilé par l'Anglais, un autre prit sa place.
Tant est vrai qu'en ce monde, on ne peut pas compter
Et qu'un jour ou plus tard, il faudra décompter.

*
* *

L'Empire était tombé dans les mains d'un grand homme,
Le premier des héros que le monde renomme.
Le torrent populaire et rentré dans son lit
Par ses soins éclairés; oublia le proscrit !

1814-1815. A deux fois replacé, Louis le dix-huitième
De ses pères alors, reprit le diadème.
Son règne fut clément. Charles lui succéda :

Sans trop se soucier, d'impôts il obséda.
Il vit, sur lui, passer une branche cadette
Et d'un autre Louis, il fut la silhouette.
Les produits grandissant, l'impôt fut conservé,
Son privilége au riche et fut tout réservé.
Mais déjà le Français sentait son importance ;
Subissait à grand'peine un droit de préférence.
L'instruction partout, promettait le succès ;
Comme un feu bienfaisant il suivit son progrès.

NAPOLÉON III.
1848.

Le grand nom reparut au milieu de sa flamme,
Avec lui l'espérance et bientôt tout s'enflamme.
Le vote universel, qu'il avait pressenti
Aux règnes précédents, donna le démenti.
Et rétabli, l'Empire, accueillit la lumière ;
Il la fortifia, la donna tout entière.

*
* *

Son malheur est pour nous, un point de ralliement,
Nous impose le deuil et le recueillement.
A cette vérité, nous devons rendre hommage,
Elle est de l'avenir le véritable gage ;
L'appui le plus puissant, le monument nouveau,
Du petit, près des grands, qui règle le niveau.
Un tombeau s'est ouvert, pleurons sa destinée
Reconnaissons le bras qui nous l'avait donnée
Mais laissons à César tout ce qui lui revient,
Quelque chose d'autrui, malheur à qui retient !

*
* *

Avec son piédestal, s'est écroulé l'Empire
Sous un joug étranger : c'est douloureux à dire,
Mais l'honneur du Français n'y succombera pas,
Sa gloire encor vivace, a toujours des appas !
Il faut les distiller, en s'adressant à l'âme
Et notre République en sera l'oriflamme.
Comme aux temps malheureux, le sang n'a pas coulé
Sous d'imprudentes mains, mais le trône a croulé.
Eh ! qu'il repose en paix, sa carrière est finie,
Elle fut lumineuse et qu'elle soit bénie !

TROISIÈME PARTIE.

RÉPUBLIQUE MODERNE. — CONCLUSION.

La bannière de l'âme est le sceptre nouveau
Et déjà notre France a réglé son niveau,
Rétabli, par ses soins, l'échelle sociale,
Détruit des factions, la machine infernale,
Arboré l'étendard de l'éducation
Comme premier soutien de toute instruction.
Elle a fait du mérite, un titre de noblesse
Le suprême blason, sans compter la richesse.
Elle veut que le pauvre, y puisse parvenir ;
Lui donne le moyen, de pouvoir l'obtenir.
C'est sa condition, autrement, elle abdique,
Elle ment à son nom et n'est plus République.
Dans les maux elle est née et les connait alors,
Pour les cicatriser, fera tous ses efforts.
Du beau sexe elle est membre, elle en suivra l'exemple
Car la femme, un héros ; n'a-t-elle pas son temple ?
Puisque, par ses vertus, elle adoucit les mœurs !
Je le répète ici, mais je l'ai dit ailleurs
Et j'y vais revenir, pour aider à mon titre
Et le justifier, par l'homme, comme arbitre.

*
* *

La République, dis je, au milieu de nos maux
Est née et vit encore : elle vit dans ses eaux,
Elle y vivra toujours, ou du moins je l'espère
Car elle était aussi le culte de mon père.

M. Thiers,
Président
de la
République.
An 1870.
Dans les maux elle est née et nous le savons tous,
Mais nous les guérirons, sans haine et sans courroux.
Nous suivrons les conseils du Nestor de la France,
Ses amis comprendront, qu'ils en sont l'espérance !
Quelques jours, et par eux, en repassant le Rhin
Qui du grand roi Louis avait rougi le frein ;
Dont les peuples, pour nous, ont cet Amour sincère
Et que l'âme entretient, qui toujours persévère ;
Que Guillaume lui-même un jour reconnaîtra,
Lorsque, devenu vieux, en son cœur il dira :
« La guerre est un fléau, n'est plus de notre époque,
« Je le dis franchement, sans aucune équivoque ! »

Au fond de mon village et quand en soixante-dix,
Sur mon lit de douleurs, comme un *de profundis*,
J'appris que sans grief elle était déclarée ;
J'en restai stupéfait et l'âme déchirée !

Eh ! qu'en arriva-t-il ? nous étions agresseurs
Et l'Europe en repos craignait les oppresseurs.
Il faut le dire aussi, les coffres étaient vides
Et le prince acceptait des hommages perfides.
Il ne voulut pas voir que nous n'étions pas prêts
Et fit, sans examen, de funestes apprêts.
Il eut trop confiance en l'éclat de sa race :
Mais, la fortune étreint, l'homme qui trop embrasse !
Nous fûmes écrasés et le sceptre tomba

Des mains de l'agresseur, qui sous son poids courba
Aujourd'hui, qu'il est mort, saluons tous sa tombe ;
Nos hommages sont dûs à celui qui succombe !

DE L'ATHÉISME.

Pour arriver enfin à ma conclusion,
Pour atteindre mon but de prédilection ;
Comme un hors d'œuvre infect, j'éloigne ici l'Athée
Qui n'est rien qu'un rêveur et pour nous qu'un Protée :
Un homme hors de sens, sans principe et sans foi,
Qui ne respecte rien, dont le caprice est Loi :
Qui n'eût jamais d'amis, qui vit dans l'égoïsme
Et ne demande rien, pas même au paganisme.
« Des Dieux, il n'en n'a pas et n'en veut point avoir,
« Car il craindrait encore, avec eux, le Devoir.
« Il aimerait Janus, qui change aussi de face
« Mais il détesterait Junon qui l'embarrasse.
« Jupiter, à côté, présente l'infini :
« Pour lui, tout est chaos et rien n'est défini.
« Comme Dieu des voleurs, il déteste Mercure
« Car il est honnête homme et malgré sa nature.
« La fortune est aveugle, il accepta ses dons
« Sans l'en remercier, elle le lui fit un fonds.
« Il cultive Apollon, sans aimer sa lumière,
« Il ne la veut pas voir, il en ferait litière.
« D'immondices impurs, la terre est un amas,
« Tout y pousse au hasard, c'est un vaisseau sans mâts,
« Qui navigue de nuit, sans lest et sans pilote,
« Qui tient son équilibre et jamais ne ballotte ;
« Sans l'aide du soleil, suffit à ses besoins

« Comme une bonne mère, y pourvoit par ses soins.
« Le ciel est une voûte, un dôme incomparable
« Et d'un savant maçon, l'ouvrage confortable. »
Mais à d'autre il le laisse et ne s'en prévaut pas,
Tout, pour lui, se termine à la mort et d'un pas
Dont souvent il se sert, pour un besoin d'urgence
Pour en finir plus vite et selon l'importance.
Mais je règle son compte et je le fais d'un mot :
C'est un pauvre garçon, c'est encore un marmot ;
Un homme sans emploi, d'une frêle nature
Et partout ce rêveur qui prêche l'imposture.

*
* *

J'arrive enfin MM..... à ma conclusion,
A ce but principal de prédilection
Car de mon titre, elle est la preuve saisissante
Et le flambeau toujours de l'âme bien pensante.

*
* *

« L'homme est fait, ai-je dit, à l'image de Dieu !
C'est son commencement, son terme et son milieu.
Les battements du cœur, les sentiments de l'âme
Attestent sa puissance et sont son oriflamme !
Le bien, leur élément ; en fait tout le bonheur
Et l'homme n'est heureux qu'à l'ombre de l'honneur.
Notre religion, en établit la base,
On y trouve, en substance et le charme et l'extase...
J'ai mis en parallèle, et j'ai fait un tableau
Des autres d'à côté, qui ne sont qu'un tombeau.
Leur mélange infini, leurs étranges systèmes
Qui n'ont toujours été qu'insolubles problèmes ;

Ne peuvent soutenir, par des dogmes diffus
Les textes précisés d'enseignements infus.

*
* *

De ce pas, maintenant, j'arrive à la pratique
Qui doit être le sceau de notre République.
Eh ! Que dis-je, déjà, n'a-t-elle rien produit ?
Ce serait renier l'astre du jour qui luit ;
Oublier les vertus de nos femmes de France,
A la frivolité, donner la préférence.
Ce serait oublier, que puisant à pleins bords
A la source du beau, leurs plus riches trésors ;
Du culte catholique, une femme est le gage,
Du Dieu qui le gouverne et tout le témoignage.
Qu'elle est reconnaissante et lui doit ce qu'elle est,
Que faite à son modèle, heureuse, s'y complait.
Qu'elle est, pour le chrétien, un besoin de sa vie,
Qu'elle en fait tout le charme et qu'elle en est ravie !
Lui parle à ses loisirs, du royaume des cieux
Dont elle est l'apanage et le plus précieux !
Elle fait à l'athée, une contre partie,
De ce monde de maux, prépare la sortie
Et le soir d'un beau jour, en contemplant le ciel
Par l'âme, elle promet une lune de miel
D'un éternel bonheur, rehaussé d'espérance
Que viendra confirmer, de son Dieu la présence.
Elle établit déjà, par des inductions,
Qu'il existe un séjour, où les séductions
Et leurs puissants appâts, par les biens de la terre
Dont les illusions faussent le caractère ;
Ne peuvent plus l'atteindre : où, le cœur est muet
Cède son sceptre à l'âme et n'est plus indiscret...

Elle établit encor, mais alors par des preuves
En se basant ainsi, sur ses longues épreuves ;
Qu'elle trouve, en son Dieu, des compensations
Par la vierge Marie, à ses séductions.
Qu'elle fait et par eux, avec lui, sur la terre,
Comme en un lieu d'exil, un passage exemplaire.
Et qu'elle reconnait, qu'il est son protecteur
Des biens qu'elle produit et l'éternel auteur.
Que l'arbre qui végète et que l'oiseau qui chante
Sont de même origine, au ruisseau qui serpente.
Qu'il fournit au soleil ses rayons lumineux,
Qu'il est son attribut et le plus précieux !

Et bientôt, à sa voix, le chrétien catholique,
S'était laissé convaincre et resta sans réplique.
Depuis longtemps, son cœur, à ces grandes leçons
Etait comme un géant et faisait des moissons ;
Il laissait à compter ses lauriers, ses couronnes !
Le temps avait déjà moissonné ses automnes
Mais il s'en consolait ! On disait, en bon lieu :
Oui vraiment, il est fait à l'image de Dieu !

LE PRÊTRE CATHOLIQUE

Par sa position, mais il en est un autre
Qui, du bien ici-bas, est tout à fait l'apôtre,
Ressemble davantage à la divinité
Et conserve, sur terre, un droit de primauté.
« C'est de famille, un Père ! il nourrit, il féconde,
« Il laisse à ses enfants les trésors de ce monde
« Et pour les décupler, il se charge du cœur ;

« D'une barque fragile, il se fait remorqueur !
« Sur la brèche toujours, il observe en védette,
« Afin de la fermer, et combat en athlète.
« Surveille l'ennemi, pour arriver au port
« En habile pilote et se tient à son bord.
« Il découvre l'écueil, le met en évidence
« Et pour n'y pas tomber, signale sa présence.
« En efforts surhumains, lutte contre le flot
« Et, s'il le faut, succombe en brave matelot ! »
C'est le jalon posé par la grande doctrine,
Le doigt indicateur du chemin de l'abîme :
L'homme par excellence et de création
L'œuvre du Créateur, de divine onction !
C'est enfin, et d'un mot, *le prêtre catholique*
Le plus bel arsenal de notre République !
Pour nous mener au port, il a tous les agrès
Pour cultiver le cœur, il a tous les engrais !

*
* *

La salle
synodale.

MM..... un dernier mot : si j'ai pu vous complaire
Après tous mes efforts, pour ne vous pas déplaire ;
Dans ce vaste logis, je viendrai quelquefois
Et même plus souvent, sans vous mettre aux abois,
Vous parler s'il vous plaît, le langage de l'âme,
Echauffer votre cœur, de sa splendide flamme ;
Dire, sur tous les tons, ce qu'est la vérité ;
L'introduire sans peine et comme probité.

C'est le plus beau fleuron du père de famille !
Dans la société, c'est l'étoile qui brille !
Dans l'éducation, c'est un maître puissant
Qui, sans elle, est trop faible et bientôt impuissant.

Reconnaissons ses droits, c'est le sceptre de l'âme,
Le talisman réel, l'attribut de la femme !

*
* *

Même je traiterai, comme étant tous égaux
D'autres thèmes donnés, pourvu qu'ils soient moraux.
Des femmes, le mérite aura la préférence,
Il a des droits acquis sur notre chère France.

Avec un tel programme, en ces conditions,
Notre Gouvernement, des bénédictions
Sera le réservoir et déjà sans supplique
Répétons à l'envi, Vive la République !   (bis.)
Surtout, Vive la France, et que son peuple heureux
Puisse oublier toujours, qu'il était malheureux!

Sens, le 10 avril 1873.

A. BENOIT,

ANCIEN NOTAIRE,

Traducteur en vers français du texte latin de l'*Imitation*,
élève du collège de Sens, lycée aujourd'hui.

Sens, Imp. Duchemin.